Blancanieves se dio cuenta enseguida de que la vida con los enanitos podría llegar a ser difícil. Para empezar, ¿cómo iba a conseguir aprenderse todos sus nombres?

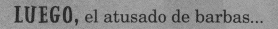

LUEGO, el atusado de barbas...

Además, todos querían que les leyera un cuento antes de dormir. Pero tenía que ser el cuento favorito de **CADA UNO...**

¡Eh, que yo no he pedido cebolla en mi hamburguesa!

¿Dónde están mis pepinillos?

¡Antes de que a Blancanieves le diera tiempo a **PESTAÑEAR**, era ya la hora de la cena!

Los enanos eran
simpáticos, sí... Pero
también eran desordenados,
revoltosos, alborotadores y
MUY, MUY, RUIDOSOS.
¡LA CASA ERA UNA LEONERA!

Aquello era **DEMASIADO** para Blancanieves... Y un buen día decidió marcharse y verse las caras con la bruja.